御定奇門秘訣

訂釋煙波釣叟歌上

軒轅黃帝戰蚩尤涿鹿經今苦未休偶夢天神授符

訣登壇致祭謹虔修神龍負圖出洛水彩鳳啣書碧

雲裏因命風后演成文遁甲奇門從此起

御定奇門秘訣

卷之四

軒轅黃帝姓公孫名軒轅有熊國君之子也蚩尤

姓姜名蚩尤炎帝神農之裔也當時蚩尤喜兵亂

好作刀戰大弩以暴虐天下蕛并諸侯荒縱無度

炎帝榆罔不能制遜居涿鹿軒轅徵師諸侯興蚩

尤戰於涿鹿之野蚩尤作大霧軍士昏迷軒轅造

指南車以示四方遂擒蚩尤而戮於絕轡之野於

是諸侯咸歸道軒轅為黃帝元年帝得六相而天

下治偶夢天神授以符訣兩龍授以圖帝齋戒沐

浴登壇致祭忽有大魚沂河而上負圖而進帝跪

一

而受彩鳳向軒轅丘而下唧書而獻帝啟而視之

知其天以陰陽順逆之道為吉凶趨避之門不著

為書無以訓當時而傳萬世因命風后演成三式

之文太乙六壬既成而遁甲奇門於是乎起或者

疑之以為帝所受者河圖若夫洛書出自大禹時

觀奇門宮位與洛書合此歌又有神龍負圖出洛

水之句得毋奇門之書在大禹後非風后之所手

著興不知八門九宮是天地之定位左陽右陰是

天地之定理風后早見及此而先著為書禹時神

龜偶得天地之正氣而身之所生者合乎風后之

所演趙普考古未詳錯認河圖即洛書而故為是

語焉讀者不必過疑可也

一千八十當時制

黃帝始創奇門以一歲三百六十日每日十二時

為十二局合一歲三百六十日之時而總計之共

該四十三百二十時制為四十三百二十局其繁

寔甚風后約冗歸簡以一歲分為四季每季九十

日一日十二時令一季九十日之時而統計之共

該一千八十時定為一千八十局亦仍黃帝之法

而四分之遂為一千八十局此風后奉黃帝之法

當時之所制也

四氣之候而總計之共該七十二候遂刪成七十

周之太公以一歲二十四歲每氣該三候合二十

太公刪成七十二

二局

逮於漢代張子房一十八局為精緻

逮於漢時之張子房受黃石公之傳制為陽遁九

局陰遁九一歲之中止一十八局然一千八十刪

成七十二局又刪一十八局疑其或有遺漏也

然局雖定為一十八局而一歲之中仍用二十四

氣每氣一之中仍分三元合四季之八節而統計

之仍七十二候為七十二局又於一氣分為三元

五日之中共六十時為六十局半月之中共一百

八十時一月之中共三百六十時每一時為一局

一月實三百六十局一歲有四季每季三月三

三九該九百局又三六一十八共該一十八十局

與太公之七十二風后之一千八十無不吻合此

其訣何精深而家緻也

先須掌上排九宮縱橫十五在其中

先於掌上排邊九宮以為陰陽順逆起例之訣

邊

九宮

圖

又於掌上排內九宮以定四面八方與中央之宮

位其宮以橫數之巽四離九坤二共一十五數震

之中以一月分為二氣上半月為立節下半月為

中氣每歲十二月定為二十四氣其氣之正當

其卦者為四立為二至為二分其節氣之不當卦

者每於有卦之節氣下各有二氣其當卦之氣為

一元餘不當卦之二氣次為二元又次為三元皆

以當卦之氣統乎下餘之二氣焉有歌在左

冬至坎宮起　立春艮上求　春分當震位

立夏巽宮遊　夏至離宮住　立秋向坤搜

九陽節氣歌

秋分居兌七　立冬趨乾流

冬至小寒及大寒　天地人元一二三

立春雨水并驚蟄　依艮順增八九一

春分清明并穀雨　從震順行三四五

立夏小滿芒種氣　四五六兮列成例

右歌陽遁九局以當卦之一氣為天元順數統所餘

之二氣即於每氣之中定上中下三元也其法於

掌上排內九宮在艮位當安卦之一節為天

元震宮安無卦之第二氣為地元巽宮安無

卦之第三氣為人元即於艮宮順數當卦天

數人元氣之數次於乾宮接人元氣之數乾

元氣之之數震宮順數地元氣之數巽宮順

宮順數自兌宮數至坤宮又次於坎宮接坤

宮所數之數順數自中宮數至九宮則艮宮

為天氣之上元坎宮為天氣之中元乾宮為

天氣之下元震宮為地元氣之上元中五為

地元氣之中元兌宮為地元氣之下元巽宮

為人元氣之上元離宮為人元氣之中元坤

宮為人元氣之下元假令欲求冬至小寒太

寒之上元中元下元即於艮宮預安冬至震

宮預安小寒巽宮預安大寒郤先從艮宮數

一震宮數二巽宮數三乾宮數四兌宮數五

坤宮數六坎宮數七中宮數八離宮數九從

艮横着則艮宫是一坎宫是七乾宫是四

冬至之一七四從震宫横着則震宫是二中

宫是八兑宫是五即小寒之二八五從巽横

着則巽宫是三離宫是九坤宫是六即大寒

之三九六此陽遁順行之例也餘倣此

冬至驚蟄一七四

小寒二八五為次　八元　地元　天元

坤六　兑五　乾四次

離九　申八　坎七又次

巽三　震二　艮一先

大寒春分三九六

立春八五二陽局

雨水九六三無失

清明立夏四一七

穀雨小滿五二八

芒種九三六為法

此是陽遁九宫訣　　大寒　小寒　冬至

初上次中末下察

夏至小暑及大暑　九八爻七還退數

立秋處暑並白露　從二卻行於一九

秋分寒露及霜降　七六五爻以此向

立冬小雪並大雪　六五四爻作此訣

右歌陰適九局以當卦之一氣為天元逆數

統所餘之二氣即於每氣之中定上中下之

三元也其法於掌上排內九宮在靈位安當

卦之一節為天元震宮安無卦之第二氣為

地元巽宮安無卦之第三氣為人元即於艮

宮逆數當卦天元從之數震宮逆數地元氣

之數巽宮逆數人元氣之數次於乾宮接人

元氣之數逆數自兊宮數至坤宮又次於

坎宮接坤宮所數之數逆數自中宮數至九

宮則艮宮為天元氣之上元坎宮為天元氣

之中元乾宮為天元氣之下元震宮為地元

氣之上元中五為地元氣之中元兑宮為地元氣之
下元巽宮為人元氣之上元離宮為
人元氣之中元坤宮為人元氣之下元假令
欲求夏至小暑大暑之上元中元下元即以
艮宮預安夏至震宮預安小暑巽宮預安大
宮數六兑宮數五坤宮數四坎宮數三中宮
暑郄先從艮宮數九震宮數八巽宮數七乾
數二離宮數一從艮橫看則艮宮是九坎宮
是三乾宮是六即夏至之九三六從震橫看
則震宮是八中宮是二兑宮是五即小暑之
八二五從巽橫看則巽宮是七離宮是一坤
宮是四即大暑之七一四此陰遁逆行之例
也餘倣此

夏至白露九三六
小暑八二五陰局
大暑秋分七一四

人元　地元　天元

坤四　兑五　乾六

立秋二五八宫悉

處暑一四七宫是　離　一　坤　二　坎　三

霜降小雪五八二

寒露立冬六九三　巽　七　震　八　☷　九

大雪四七一宫缄

此是九宫陰遁歌　大暑　小暑　夏至

初上次中末下擔

陰陽二遁分順逆一氣統三人莫析

此言地盤之法也自冬至至芒種為陽遁九

局皆順布六儀逆布三奇自夏至至大雪為

陰遁九局皆逆布六儀順布三奇此一氣言

每月之中各有二氣上半月為節氣管一十

五日下半月為中氣管一十五日每一氣遇

甲子甲午己卯己酉為上元管五日遇甲寅

甲申己巳己亥為中元管五日遇甲辰甲戌

二

己丑巳未為下元管五日是每半月一氣而

統乎上中下三元

五日都來換一元超神接氣為準的

一日有十二時五日共該六十時自甲子甲

午巳卯巳酉起甲子時至第五日癸亥時則

上元終而當換中元自甲寅甲申巳巳亥

日起甲子時至五日癸亥時則中元終而當

換下元自甲辰甲戌巳丑巳未日起甲子時

至第五日癸亥時又當易遁局而更換下元

為上元然是上元也必以甲子午巳卯巳

酉日為符頭若節氣未至而符頭先至為之

超若節興符頭同至為正受若節氣先至而

符頭後至為之接然接氣之後必逢正受正

受之後必有超神若超之多而過九日或過

十日或過十一日必當置閏置閏之期必芒

種大雪之間候陰陽二遁順逆之氣盡而方

可置閏以勻其氣置閏之法必超過九日若

末過九日而止八日不可置閏若到芒種大

雪之間止八日而未至九日自然不可置閏

有大雪不能置閏逐候輪排至芒種時或超

過九日或超過十日甚而有超過十一日者

有芒種不能置閏逐候輪排至大雪時或超

過九日或超過十日甚而有超過十一日者

必到此時方可置閏

訣曰

正超接閏欲推知　逐節先須定正奇

四仲恰當交節氣　上元從此始無疑

元元逐候輪排去　正後逢超斷不移

超過旬餘斯置閏　閏餘接局又隨之

正超閏接循環轉　二至之前是閏期

閏期閏期有妙訣　神仙不肯分明說

干逢甲己為符頭　子午卯酉作上列

寅申巳亥為中元　辰戌丑未下局閱

節過符分符過節　用法千金莫漫洩

節前得符名為超　節後得符為之接

超越九餘須置閏　必在芒種與大雪

不説分明不是高　我今傳與諸賢豪

超或十日或九日　或過十一再莫逃

閏奇只在此三日　師心拆補柱徒勞

認取九宮為九星八門又逐九宮行九宮逢甲

為直符八門直使自分明

趨接正受既明置閏置法不差一年之節候

已俱正而氣運己俱匀而不偏夫於是可以

按法而用適甲馬乃認九宮以為九星看其

時旬之甲到某宮即以某宮所屬之星為直

符又按九星定于八門以逐九宮而歷歷行

馬説個逐九宮行則五宮為八門必由之路

豈其正行八方而不入五宮哉

訣曰

天蓬坎一門為休　芮死專居坤二流

沖宿傷門三震位　杜門天輔巽四留

心開乾六禽居五　天柱驚門七兊求

任宿生門臨八艮　天英景門離九遊

五宮無門趨乾六　符禽直使隨時搜

符上之門為直使十時一換遇甲更

如用時之旬首到坎宮即取天蓬為直符而

符上之門即休也必自甲數至癸十時終而

遇甲陽遁則順行而換天芮為直符死門為

直使陰遁則逆行而換天英為直符景門為

直使

陽遁順儀奇逆布陰遁逆儀奇順行

此又言地盤之法陽遁則順布六儀逆布三

奇陰遁則逆布六儀順布三奇或門奇儀之

名因何而稱愚應之曰儀者宜也奇門之書

原為行兵而設六甲為諸子之首領猶長子

為師中之將帥時宜順而順征時宜逆而逆

擊猶兵法之正遇也故曰六儀奇者反常合

法出其不意也儀方順行彼却逆應儀方逆

行彼却順來故曰三奇

六甲原號六儀名三奇即是乙丙丁

何謂六儀即六甲是何謂三奇即乙丙丁是

御定奇門秘訣 卷之四

一六

以上皆言奇儀之坐於地盤者按陽遁陰遁

以為順逆乃一定不易之法也

直符加在時干轉直使加於時支移十精為使

斯為貴起宮天乙用無遺

以下皆言天盤用遁之法也如陽遁幾局即

於邊九宮幾宮中將甲子戊甲戌巳甲申庚

甲午辛甲辰壬甲寅癸丁丙乙按一二三四

五六七八九逐宮順數之位次布去尋出本

名因何而稱愚應之曰儀者宜也奇門之書

原為行兵而設六甲為諸子之首領猶長子

為師中之將帥時宜順征時宜逆而

擊猶兵法之正遇也故曰六儀奇者反常合

法出其不意也儀方順行彼却逆應儀方逆

行彼却順來故曰三奇

六甲原號六儀名三奇即是乙丙丁

何謂六儀即六甲是何謂三奇即乙丙丁是

以上皆言奇儀之坐於地盤者按陽遁陰遁

以下皆言天盤用遁之法也如陽遁幾局即

以為順逆乃一定不易之法也

直符加在時干轉直使加於時支移十精為使

斯為貴起宮天乙用無遺

於邊九宮幾宮中將甲子戊甲申庚

甲午辛甲辰壬甲寅癸丁丙乙按一二三四

五六七八九逐宮順數之位次布去尋出本

時之旬首在某宮即知某星為直符其門為

直使着時干在幾宮即加直符在幾宮是陽

符順行是陰符逆行又着時支在幾宮即加

直使在幾宮是陽使順行是陰使逆行地盤

天盤既定然後看某門在某宮某星在某宮

又看九星屬何宮其宮地盤上所坐之干支

奇儀皆帶在此星之上随其所在之宮以定

吉凶如陰遁幾局即於邊九宮幾宮將甲子

戊甲戌己甲申庚甲午辛甲辰壬甲寅癸丁

丙乙按九八七六五四三二一逐宮逆數之

次布去以為地盤着時干在幾宮即加直符

在幾宮是陽符順行是陰符逆行又着時支

在幾宮即加直使在幾宮是陽使順行是陰

使逆行天盤地盤既定着法亦如陽遁十者

一宮與九宮為十二宮與八宮為十三宮與

七宮為十四宮與六宮為十自一至四皆為

陽自九至六皆為陰必精通于一八四三之

為陽使而當順九二七六之為陰使而當逆

斯為貴而可用也故凡用遁甲者不拘泥遁

局之陰陽但當看星門之陽者皆順行星門

之陰者皆逆行無專用此而遺彼也池本理

見古經中有如此用者以為經述不明隱伏

之事豈知十精為使者哉

陰陽順逆妙難窮二至還鄉一九宮再審星門

為變化圖書掌上如龜龍

此總結上文言陽遁中遇陰符陰使而即逆

行陰遁中遇陽符陽使而即順行其奧妙之

法真難窮極雖然其定地盤也冬至後還鄉

一二三四五六七八九宮而順行夏至後還

鄉九八七六五四三二一宮而逆行地盤既

定再審星門是陽順行是陰逆行則河圖洛

書之理俱呈掌上如靈龜神龍所負而出者

也

細玩歌中八門又逐九宮之句明二八門
皆遊五宮而不必寄二也但符入中有星
無門歌未明言其法予補之於後以便起

用

歌曰

直入五宮巡狩還　　勅書差遣臣方遷

時到之處即宜使　　辨別陰陽順逆旋

符禽入五世人皆以五宮無門不得已而
寄二不知天禽星君位也居中制外是其
本方今為直符猶天子巡狩事畢還歸京
師也時到之處猶天子下勅書遣諸侯
諸侯方散離狩土而出使四方也時到之
禽即直符加時到之宮門即直使星仍
從干門仍從支陽者順行陰者逆行何必
寄二而多事也

訂釋煙波釣叟歌中

吉門偶爾遇三奇值此雖云百事宜更合從旁

加檢點餘宮不可有微疵

既知十精為使之法而陽星門陽固順行陰星門固

逆行若開休生之吉門偶遇乙丙丁之三奇誰云此非

百里宜為之時乎雖然不可以為縈無不宜也更當

細加檢點右在此宮吉而在彼宮不吉者即為餘宮

之疵病美微瑕豈謂全美哉

十干加伏若加錯入墓休囚百事尾

微疵之不可有者何哉三奇固美若乙加乙為中伏而水

蔽其光丙加丙為主客相傷而紊亂綱常丁加丁為重

陰而諸事宜慎此三奇加伏之疵也如乙非甲午為直符

而加辛為龍逃走辛非甲午為直符而加乙為虎猖

狂乙非甲辰為直符而加壬為日入天牢乙

非甲寅為直符而加癸為月入地網丙非甲

申為直符而加庚為熒入白丁非甲寅為直

符而加癸為雀投江此奇不逢本時之甲而

加錯之疵也又有丙加壬為奇神遊悖丁加

庚為玉女刑太白丁加辛為玉女入天庭乙

奇而奇加六宮丁奇加八宮為三奇入墓此

尋常三奇加錯之疵也除三奇而外又有戊

加戊為天武伏吟主客俱不利己加己為玉

堂臨地戶凡事欠光明庚加庚為太白格諸

事皆凶危辛加辛為伏格自相為刑傷壬加

壬為天牢自刑癸加癸為天網高張此十

加伏之疵也戊加辛為龍虎相闘爭主客皆

受驚戊加壬為青龍投天牢為主莫用兵戊

加癸為青龍入華蓋利客戰先興己加乙為

日奇入地戶凡謀主暗昧己加丙為月奇入

地戶諸事不亨通己加庚為玉堂逢太白諸

事禍來侵己加壬為主客相刑格一切招破

辛加戊為天庭鎖困龍凡謀枉用加辛加己

招災殃辛加丁為太陰逢獄神諸為主憂驚

格凡為無進益庚加癸為太白遭天網凡為

為太白逢虎主兩相鬥爭庚加壬為太白小

多破敗庚加己為刑格凡必敗壞庚加辛為

犯玉女凡為一無成庚加戊為伏青龍凡為

丙為白虎入熒求謀惹驚恐庚加丁為太白

敗己加癸為玉堂逢天網客勝主受驚庚加

為白虎坐玉堂暗地有災殃辛加庚為天獄

相刑格暗地用機關辛加壬為天庭天牢併

主客俱勿兵辛加癸為白虎入天網主利客

受傷壬加己為天牢入地戶諸般休妄動壬

加庚為天牢併天獄知機勿妄行壬加辛為

白虎犯小格求謀事事虧壬加癸為天牢

逢地網諸凡切莫為軍行車馬損門制被賊

擒癸加己為天網張地戶門制受驚怖癸加

庚為網入天獄中所求定成空癸加壬為天

網張天牢動作禍自招此十干加錯之疵也

又加戌臨六宮庚已臨八宮辛壬臨四宮癸

臨二宮此十干入墓之疵也又如戌已臨一

宮庚辛臨三四宮壬癸臨九宮此十干入休

之疵也又加戌已臨三四宮庚辛臨九宮壬

癸臨二五八宮此十干入囚之疵也百事值

此必遭囚危慎之慎之

三奇得使真堪使六甲逢之非小補

天上所帶之三奇乙為日奇丙為月奇丁為

星奇為天地百神之主有君道焉地下所安

之六甲奉符命而守八方有臣道焉以天上

出令之三奇臨於地下聽令之六甲上如君

得其臣佐君宣化而堪使也此一甲也才堪

大用幸逢三奇為之主則君明臣良咸有一

德必能相助為理而咸太平之世豈曰小補

之哉

乙逢犬馬丙鼠猴六丁玉女乘龍虎

犬者甲戌也馬者甲午也鼠者甲子

申也乙庚化金金必假煅煉而成器況金性猴

剛燥而不馴順不得大爐之火馬得鎔化而

成巨關與大鼎乎午為火旺之卿戌為藏火

之庫此皆爐冶之地可以鎔金而鑄造者也

以化金之乙而得午戌如太甲之不順得伊

尹而處仁遷義也其不取甲寅者始然之火

豈能鎔化而成鼓鑄之功哉丙辛化水水生

於申丙得甲申如堯得禹而循源順道以治

水也水旺於子又為江河丙得甲子如堯得

辰為水庫水己歸庫何用使臣為治哉丁壬

禹注旺水於江河吉關成功也不取甲辰者

化水木旺於春寅為春之首辰為春之末自

寅至辰三春之節氣備焉丁得甲寅與甲辰

如舜受堯禪得五臣以佐理則垂裳端拱無

為而治也池本理之舊本多說不去以上皆

取三奇落在本局時干之六甲上者方為之

得使不然乙奇臨戌謂三奇入墓乙奇臨甲

午申午與辛同宮乙加辛上謂龍逃走俱是

凶格何以為之得使堪使子

又有丁奇遊六儀號為玉女守門戶

三奇之中一奇加於甲午甲戌符頭之上丙

奇加於甲子甲申符頭之上丁奇加於甲寅

甲辰符頭之上回云得使而堪使然而丁之

為奇更靈於乙丙不但加於甲寅甲辰堪使

除此得使之外又有丁奇即不必在甲寅甲

辰直符之上而但加於六甲直符者謂之遊

六儀號曰玉女守門戶焉往而不得其所使

哉假令冬至上元甲子在一宮辛未時用遁

甲辛未是甲子旬首所管此局甲子在一宮

即天蓬為直符休門為直使其出入丁奇之

門即在是馬玉女在兊七辛干在巽四天蓬

為陽星理當順行以天蓬加於巽四順行則

天芮在中五天冲在乾六天輔在兊七天禽

在艮八天心在離九天柱在坎一天柱帶丁

號為玉女加於地盤甲子直符之門故謂之

玉女守門戸餘傚此

出門若向此方行和合陰私為樂土

六丁玉女為隱蔽之神若守門戸是玉女心

有私而守予出入往来之門也若出此方則

利作陰私和合之事

天三門分地四戸問君此地是何處太冲小吉

興從魁此是天門私出路若走除危定與開號

為地戸無人覩

太冲卯也小吉未也從魁酉也要日纏其次

之後以月將加時看卯未酉落在某方即為

天三門除連月建數第二位危連月建數第

八位定連月建數第五位開連月建數第十

一位要立本月節後以月建加時看第二位

落在何處為除第八位落在何處為危第五

位落在何處為定第十一位落在何處為開

即為地四戶天三門地四戶俱利逃亡

六合太常與太陰為地私門從貴尋更得奇門

相照耀出門百事總欣欣

御定奇門秘訣　卷之五

六合太常與太陰皆隱蔽陰私之神必分其

晝夜別其順逆者六合在何支太常在何支

太陰在何支即為地私門更逢開休生三吉

門乙丙丁三奇與地之三私門同在一處出

門百事總欣欣而無不如意

卒然有難難避退太冲天馬最為貴但當乘著

天馬行劍戟如山不足畏

太冲卯也為天駒房星故為天馬若搶卒之

欲取道而出湏兩臂橫荷刀戟呼天輔之名

曰子卿而出則天網自破而不能巳裹笑若

臨六七八九宫其網愈高愈不可過但當隱

伏以候敵至令彼觸網而自覆我可出奇而

制勝如遇此時欲突圍以月將加時看天罡

所指而擊則敵可破而圍可出矣

三為生分五為死盛在三分衰在五識得遊三

避五時乾坤造化掌中取

此以日干興時干相較而時干之死生盛衰

判然也生者日所生之干也死者日干所尅

之干也三為生是連日干之位數至第三位

如甲日丙時丙火是甲之第三位而為甲木

所生也五為死是連日干之位數至第五位

如甲日戊時戊土是甲之第五位而為甲木

之所尅也不獨甲二凡干皆然盛在三者我

生之旺也衰在五者我財為休也遊三者遊

其時干之旺也避五者避其時干之休也池

本理以五宮寄二為死門故避之豈不三宮

就中伏吟最為凶天蓬加著地天蓬若在

為傷門反以為旺而避之乎

天英上須知即是反吟宮八門反伏都如此萬

盤之九宮落在地盤對宮上為反吟宮八門

天盤之九宮落在地盤本宮上為伏吟宮天

事皆凶不堪使

不堪使也

之伏吟反吟都是如此諸凡所為皆凶惡而

六儀擊刑何太山甲子直符愁向東戌刑乎未

申刑虎寅已辰辰午刑午

東卯也虎寅也葛洪為六甲直符加所刑之

地也甲子直符加三宮即子刑卯甲戌直符

加二宮即戌刑未甲申直符加八宮即申刑

寅甲寅直符加四宮即寅刑巳甲午直符加

九宮即午刑午甲辰直符加四宮即辰刑辰

以上皆凶格而不堪使者

三奇入墓君須知甲日那堪見未時丙奇屬火

火墓戌此時諸事皆非宜更薰六乙來臨六月

論干之陰陽而概以木墓在未而以二為墓

奇臨六亦如此

三奇入墓三璋謂六乙日奇下臨六宮六丙

月奇下臨六宮六丁星奇下臨八宮也有不

概以火墓在戌而以六為墓者非

又有時干入墓宮課中時下忌相逢戌戌壬辰

墓為課中時下所忌者如戌土墓在戌而用

不但三奇入墓為凶而不可用又有時干入

薰丙戌癸未丁丑亦同凶

戌戌時壬水墓在辰而用壬辰時丙火墓在

戌而用丙戌時癸水墓在未而用癸未時亦

與三奇入墓同凶也

細心選擇可得天道之全亨馬

直符前三六合位太陰之門在前二後一官中

為九天後二之神為九地

陽符順後一為九天後二位九地前二為太

陰前三為六合陰符逆布前一為九天前二

為九地後二位太陰後三為六合

起例從直符如遇甲乙丙丁戊五時為陽者

天盤直符在何宮即於何宮起直符如遇已

庚辛壬癸五時為陰看地盤直符坐何宮即

於何宮起直符如直符入中宮無論陰陽俱

從地盤起符

八神所屬之五行

直符即天乙貴神屬土　螣蛇即巳屬火　太陰即酉屬金

六合即卯屬木　白虎即甲屬金一本作句陳屬土　玄武即子屬水一本作朱雀屬火　九地即坤屬土　九天即乾屬金

九天之上好陽兵九地潛藏可立營伏兵但向

太陰位若遇六合利逃行

張良曰九天之上利於陳兵孫子曰善戰者

動於九天之上故曰好揚兵張良曰九地之

下利於伏藏孫子曰藏於九地之下故曰潛

藏可立營太陰之本宮屬酉玉帳經曰酉下

屬卯為天馬又為隱蔽之神故利逃而出

則人兆不見故曰潛藏可立營六合之本宮

走張良曰太陰六合之地可以逃亡

右言八神之所宜用也

八門若遇開休生諸事逢之總稱情

天心正論云開與天心所居之方位百事大

吉更有奇神吉宿相加者如龍得雲雨虎入

山林百事皆美諸葛云或被圍遠無路可出

俱推用局出開門之下突奇而出賊兵自開

其路我軍自不摧折凡人於開上以見貴人

或爭訟或經營或遠行修造皆吉尋常於此

開而出路逢貴士薦得飲食若有干求必無

阻隔呂才云若人嫁娶從開門上來主生貴

子頤產男�| 兇凡將兵從此方出大吉

天老云休門宜嫁娶于房云休門出兵眾情

絕乃休門無氣若有吉神得半吉或見伏

吟是休門歸本此方行至一里之門有禽鳥

噪者乃神之應驗萬事皆遂凡百所往皆獲

吉慶

湯公云生門所臨陽氣生最宜出入揚兵獻

策貢物從此方萬民歡欣眾情和悅天老云

生門起造殯塋有生氣物隨方而來乃神之

應得八十年之旺相呂才云生門宜避病迍

七皆吉

傷宜捕獵終須獲

雲柯云傷門只宜漁獵索債捕盜若傷門臨

二穴宮木尅土大凶天老云凡百舉動皆有

不足之憂若嫁娶起造塋埋上官主遭賊盜

求利出行必主鬪爭官事口舌不出一氣之

中子房云上將出傷門兵死卧荒墳最宜避

之或有奇神吉宿方減半凶若犯此者行至

三十里見人鬪爭或禽傷物急回生門方行

八步前往則吉

杜好邀遮及隱形

子房曰杜門只宜還願隱匿斷惡伏邪入山

伐木並吉餘若出兵統眾主眾兵亂離軍伍

不整而有背心天老曰杜門所臨之方百事

不宜妄有所犯主損長吏

景上投書並破陣

雲柯註云景門小利宜上書獻策諸葛云景

門之方遇急可避凶邪亦能戰獻上將有功

驚能擒訟有聲名

諸葛云驚門只宜掩捕爭訟攻擊驚恐等事

天老云驚門所臨之方不可舉為百事並見

口舌若求謁見必有怒色而不遂于房云驚

門上有奇門吉宿者宜出軍兵前戰有白旗

前行必獲大捷

若問死門何所主只宜吊死與行刑

雲柯註云死門宜行刑誅戮吊死送塋並射

獵吉若遠行起造嫁娶主宅母死新婦凶尚

死門再臨一宮以土尅水大凶郭璞云遁見

死門若有奇神吉宿可以塋埋凶喪安墳舉

哀昏吉西南禽鳴至即便舉事此為天祐之

逃也

右言八門之各有所宜也

蓬任沖輔禽陽星英芮柱心陰宿名

此趙公以地氣之陰陽別天星之陰陽也何

以知其然也氣之在於地中也自子至巳為

陽自午至亥為陰子為陽之始巳為陽之極

牛為陰之初亥為陰之盡陰盡則陽當生其

氣種於黃泉此子為黃鍾之所由來也自子

至巳為陽自午至亥為陰宜也柳又思之氣

鍾於地則當風后之制奇門也以奇門管子

地故以地道分陰陽從支而別用之者不必

過疑

輔禽心星為上吉

天輔宇子卿為文曲星屬木分野徐州其方

宜選將出師交鋒大戰搗巢破陣授除寇兵

春夏卯巳午月日加二五八宮利以為客加

六七宮利以為主左右將俱大勝得地千里

秋冬未得成功若嫁娶多子孫修造埋葬合

震離巽坎四山不出百日得橫財上官到任

文選武陞入官訢究有理者大勝有罪者赦

免應舉登科出行獲利占奇門者尤吉

黃石公曰天禽之星處中宮能長生萬物九

加臨方位所向皆吉

天禽字子公為廉貞星屬土分野豫州其方

萬靈咸服宜選將出師交鋒大戰鳴鑼擊鼓

吶喊搖旗四時皆吉即不戰用謀敵入屈服

加一宮利以為客加三四宮利以為主又宜

祭祀祈禳上官應舉出行移徙開門嫁娶謁

貴入官監柱修造中宮與二十四向吉無不

利如合奇門代代登科官祿不絕

天心字子襄武曲星屬金分野梁州其方宜

選將出師交鋒大戰搗巢破敵闢土開疆秋

冬將兵得地千里加三四宮利以為客加九

宮利以為主左右將皆大勝必成席捲之功

又宜療病服藥禱雨祈晴上官應舉百事俱

利會合奇門謂之全吉歌以輔禽心為上吉

者此也

冲任小吉未全亨

黃石公遁畧云沖宿最雄萬事皆吉天道相

容吕才云天沖若帶丙丁二奇臨兊宮此時

用事亦利獲利如帶庚辛再加兊宮宜避之

此乃氣之不盛而衰也

天沖字子翹為祿存星屬木分野青州其方

止宜選將出師交鋒戰陣春夏巳午月日加

二五八宮利以為客加六七宮利以為主俱

左將勝秋冬不得成功除報冤捕捉外無有

一利合奇門者庶變凶而為吉不合奇門凶

禍不免

住者任其萬物常主生殺之柄其星過生旺

合吉門即吉遇刑尅及凶門即凶天任字子

常為左輔星屬土分野兗州其方宜立國邑

安社稷紀大義化人民者選將出師交鋒大

戰四時咸吉吉神咸助歛自屈服於四季申

酉月日加三四宮利以為主加一宮利以為

客若嫁聚必生貴子上官到任文吏速遷應

舉登科面君謁貴商賈求財一應有為並皆

大吉若立木上樑安墳埋塟斬草破土之時

更興奇門會合者必主多子孫登科甲歌以

天冲為未全亨也固宜若夫天任徧覽舉書

不見有不吉之處亦以未全亨工者不知何

也

大凶蓬芮不堪使

天蓬陰襲太衍惡曜也只宜守伏自固若時

加臨凡事不可舉動必見陰賊天老遁書云

天蓬之時惟隱藏寶物收納化財永無損失

亦無賊盜若所臨之方合吉格亦可偷歉獲

勝

天蓬字子禽為貪狼星屬水分野冀州若其

方會合奇門方可安邊境修城池興作土木

之上設塾堤坊之事屯兵固守保障一方秋

四二

冬亥子月日加九宮利以為客加二五八宮

利以為主若安墳立券斬草之時遇乙庚日

時有乙奇如此星之上必主雷電交作大風

雙鳥來應果爾則子孫昌熾若不合奇門萬

事萬凶

天芮陽宗孛慶惡曜也即有奇門不可用事

此時用事主有失亡只宜舉喪安葬如有刑

冲萬事不宜

御定奇門秘訣卷之五終

訂釋煙波釣叟歌下

小凶英柱不精明

天英字子威為右弼星屬火分野荊州其方宜面君謁貴上書獻策

干求陞擢應舉拜表遠行上官出師交戰于四季四午月日加六七宮利以

為客加一宮利以主惟監柱上梁移徒造作

至如安葬斬草之日即與奇門會合止得平安未必有福

吕才云天柱之下有丙丁神者宜起造大吉求財亦遂緣金氣盛而逢火

氣之休故也不可出兵子房道經云天柱加時出行主車破馬死切不可遊他邑往而不歸

天柱字子章為破軍星屬金分野雍州地方宜屯兵固守堅壁

待敵直至利于為客之時方可動用于秋冬申酉亥子月日加三四宮利以

為客加九宮利以為主亦須與奇門會合之方而出吉若妄動者必主

車破馬傷士卒敗亡左右將皆失利除藏形隱跡外並無一利

大凶無氣變為吉小凶無氣亦同之

大凶星猶大惡人也大惡得世為惡愈甚若惡人失勢則不能為惡只

得為善而已大凶小凶之有氣無氣亦猶是也本理引三元經

註此二句以為若大凶之星得旺相之氣則

小凶若小凶星得旺相氣則中正與歌相反

不知中所言實為不易之理讀者詳之

吉宿更能逢旺相萬舉萬全功必成若遇休囚

并廢沒君君不必進前程

心不能施於政事之間亦徒然耳若吉宿休

則發政施人無往而不仁若一失位雖有仁

吉宿猶仁人也逢旺相猶得位也仁人得位

囚廢沒猶仁人之失位也總有福人之心而

無福人之權雖欲進而向前吉宿何益於我

哉勸君且止而不能進也

要識九星配五行合隨八卦考義經坎蓬星水

離英火中宮坤艮土為營乾兌為金震巽木旺

相休囚看重輕

欲知九星之五行當隨八卦而辦之如坎為

天蓬而屬水離為天英而屬火中五為天禽

坤二為天芮艮八為天任而均屬土乾為天
心兌為天柱而均屬金震為天冲巽為天輔
而均屬木當審其星之旺相休囚以看其吉
凶之重輕也

興我同行即為相我生之月誠為旺廢於父母
休興財囚於尅分真不忘
五行之中興我同行者兄弟之子
孫之月也父母者生我之月也兊者尅我之

月也
假令水宿號天蓬相在初冬興仲冬旺於正二
休四五其餘傚此自研窮
假令坎卦屬水其宿號為天蓬旺在初冬亥
水之月興仲冬子水之月是坎為水行亥子
亦為水而興坎同行故為相也正月寅二月
卯俱是水行而為坎水之所生故為旺也四
月巳五月午俱是火行為坎水之所尅而為

坎水之財故為休他如七月申金八月酉金

俱生坎水之月為坎水之父母而為廢三月

辰六月未九月戌十二月丑俱屬土行以尅

坎水為坎水之毗非其囚者于其餘八宮皆

傚此而細加研窮則其相旺廢休囚可得而

知也

天目客分地目主六甲隨遁順逆取地因局定

天因宮星歷九分門趨五

此言行兵之法也以天盤視之為客地盤視

之為主如天盤尅地盤或天盤上之奇儀干

支尅地盤上之奇儀干支則客勝主如地盤

尅天盤或地盤上之奇儀干支尅天盤上之

奇儀干支則主勝客其起天盤地盤之法必

先本局之中視陰陽二遁之幾局即於幾宮

首一位起甲子戌次一位起甲戌己次三位

起甲申庚次四位起甲午辛云云是陽遁則

順行是陰遁則逆行至於地盤則以遁局之

陰陽定順逆而天盤則以遁局之陰陽定逆

順星則以一二三之次第遍歷九宮門則必

超五而步乾焉此天地氣運自然之流行何

必專一休生傷杜景死驚開為序因中宮之

無門將星與門皆寄於二哉池本理以卯為

天目酉為地耳作解者彼不知釣叟歌中目

字當作視字者而謬為註釋也

擊其沖百戰百勝君須記

直符為九宮之首領直使為八門之首領所

以兵家貴之若用兵者既為客而得為客之

所宜為主而得為主之所宜又得直符直使

而居之以擊其對沖之宮則百戰百勝矣

天乙之神所在宮大將宜居擊對沖假令直符

居離九天英坐取擊天蓬

更得宜符直使利兵家居此最為利常以此地

湯謂曰第一勝天乙宮第二勝九天宮第三

勝生門宮天乙即直符也必視直符之陰陽

以用天盤地盤之直符陽本乎天本乎天者

親上如直符陽本乎地所臨之宮

坐而擊其對冲陰本乎地本乎地者親下如

其對冲然是對也冲止論所居之八方不論

直符是陰則取地下直符所立之宮坐而擊

其星門之本位如云背生而定要擊死則將

背亭亭而定要擊白奸乎若用五宮寄二法

則背生而可以擊死若用趨五步乾之法宮

九門人馬得有對即歌中所云天英坐取擊

天蓬者亦止言其坐離擊坎以離宮有天英

坎宮有天蓬其非謂天英為直符定要擊天

蓬也不知古人之書背專言其背擊者專言

其擊如執背孤擊虛之法而謂背生者必擊

死古人背亭亭擊白奸用四孟加於寅午或

三支之上白奸是孟亭是仲孟與仲萬

不相對豈得如空亡為孤對冲為虛之一定

相對乎

附亭亭白奸於左

何謂亭亭月將加時看神后落處即亭亭之所

在也假令正月亥時午時尋亭亭則子為神

后臨未未即亭亭所在之方也何謂白奸月

將加時寅午戌上見孟神即白奸之所在也

假令正月亥將午時尋白奸則亥為孟神臨

午午即白奸所在之方也亭亭在未白奸在

午豈能相對乎

甲乙丙丁戊陽時神居天上君須知坐擊全憑

甲乙丙丁戊五時為陽陽本乎天本乎天者

天上奇陰時地下亦如之

親上故神居天上欲坐其方而擊其冲當憑

天盤上之奇神而攻之巳庚辛壬癸五時為

陰陰本于地本乎地者親下故神居地下欲

坐其方而擊其冲當憑地盤上之奇神而攻

之

若見三奇在五陽偏宜為客自高強忽然逢着

五陰位又宜為主好裁詳

五陽時則奇神皆在天上天盤為客故宜為

客五陰時則奇神皆在地下地盤為主必裁

詳其下生尅而用之則百戰而百勝焉

以下九遁又統言其格也

天地人分三遁名

奇門之格其最大者有九遁而九遁之中首

重三遁惟何曰天曰地曰人有此三遁

之名使不縷析而條分之亦不知其實之不

同也

天遁月精華蓋臨

凡丙奇臨生門下合六丁不犯奇墓門迫者

得月精所藏其方可以稱將帥之權以作戰

使敵自伏更宜上策獻書求官進職修身隱

跡剪惡除醜市價出行百事如宜婚姻入宅

往來大吉

地遁日精紫雲藏

凡乙奇開門相合下臨六已得日精所藏其

方可伏藏銳卒置塞安營建府造倉廩築垣

安墳求仙遊跡出軍攻戰全勝而歸

人遁當知是太陰

凡丁奇與休門相合以臨太陰之位得星精

所藏其方可以擇賢人求猛將說敵和仇三

事並吉更宜結婚姻進人口和合交易利市

十倍若伏藏獻策並為十全

生門六丙合六丁此為天遁自分明開門六乙

合六已地遁如斯而已矣休門六丁共太陰欲

求人遁無過此要知三遁何所宜藏形遊跡斯

為美

解俱見前

天上六乙合六辛臨三吉門雲遁取

凡天上六乙合地下六辛臨開休生三吉門

為雲遁其方可以求雨澤助農稼以候雲應

天上六乙合三門下臨巽宮風遁矣

凡天上六乙合開休生三門於巽宮為風遁

其方可方禱祭風伯以助火功竪立旌旗以

候風應

日奇合休於坎宮此為龍遁雲從起

凡日奇興休門相合下臨六或坎宮為龍遁

其方可以祭龍神祈雨澤計量江面把守河

津教習水戰密軍機謀造置水櫃下盤開江

填堤塞河修橋穿井以候龍應

天上六乙合六辛臨休到艮虎遁名

凡天上六乙合地下六辛臨休門到艮宮為

虎遁其方招安叛逆設伏邀擊計量要路據

險守禦建立山寨措置關隘設險修危以候

虎應此必艮宮地盤有本局本時之甲午為

直符又有六乙與休門同到艮宮方合此格

不然則為龍迯走矣

天上六丙合九天再合生門神遁然

凡天上六丙與生門相合臨於九天之位是

得神靈之藏其方可以祭神用聖術畫局運

籌步斗躔罡以候神應

天上六丁合九地臨於杜門兎遁利

凡天上六丁與休門相合臨於九地之位是

得兎神隱伏之藏其可方以偵探機偷營寨

設伏攻虛密伺動靜遺亡詭書書使敵中計以

候兎應

知此六遁合三遁用者隨機而取慶

知此雲風龍虎神兎之六遁合上天地人之

三遁用奇門而作事者當相其機而隨時至

宜以取九遁之何局則利於何事無不得其

吉慶也下又言何兵之時格有吉凶宜辨

庚為太白丙熒惑庚丙加相誰會得

庚生於已得祿於申旺於酉乃西方金星號

為太白丙生於寅得祿於巳旺於午乃南方

火星號為熒惑誰字即指庚丙而言會者謂

天盤之丙或加地盤之庚上天盤之庚或加

地盤之丙上金火相尅本不相合故云誰會

得

加一宮兮戰於野同一宮兮戰於國

庚與丙會不得者何也庚為賊丙為官兵若

加在一宮是兵與賊相戰於國然加一宮者

時常有之同一宮惟甲子日丙寅時是真丙

與庚同宮也除此則無

六庚加丙白入熒六丙加庚熒入白

天盤六庚加地盤六丙乃金入火鄉為白入

熒天盤六丙加地盤六庚乃火入金鄉為熒

入白

白入熒分賊即來熒入白分賊須減

庚為賊丙為官兵以賊而加於官兵之上是

賊不畏兵故賊即來以官兵而加於賊之上

是以去殺賊故賊須減

丙為勃分庚為格格則不通勃亂逆

勃即本文所謂亂逆也格即本文所謂不通

也丙為官兵則宜守法一不守法而妄加則

必刁抗亂逆庚既天賊則必刧掠一經刧掠

則必道路阻塞不通

丙加天乙為伏符天乙加丙為飛勃

凡天乙六丙加天乙為伏符勃天乙加丙為

天乙飛勃俱主綱紀紊亂凡六丙加於年月

日時之干並直符之上者俱為之勃何也

干為君月干主帥日干己身時干妻子以官

兵而不論已之君帥人之身家妻子妄加於

其上亂逆殊甚故謂之勃

庚加日干為伏干日干加庚飛干格

六庚為天賊加於日干之上即為伏干格日

干若遇六庚臨此名伏干格相侵此時戰鬭

均不利大都為主必遭擒今日之干加六庚

謂飛干格日干反臨庚飛干格偏明爭戰俱

庚加直符天乙伏

不利為客更平平

六庚加直符名為天乙伏宮格庚加直符宮

伏干格為宗交鋒多不利為客還成功此

時訪人不在來人不來

直符加庚天乙飛

直符加六庚名為天乙飛宮格飛宮何以名

直符加六庚兩敵俱不利為主似還贏

此時宜固守城池不可輕出若出而應敵大

將遭擒

庚加癸分為大格

癸為天藏以天賊入於其中則無可搜擒故

謂大格太白庚加癸圖謀未可通求人終不

見百事總成空

加巳為刑最不宜

巳為地戶以天賊至於其所必大遭刑戮故

為刑格刑格相逢事不寧尺宜固守事且停

巳下凡為招破敗三門若遇亦非亨此時

出軍車破馬傷中道而止士卒逃亡

加壬之時為上格又嬚歲月日時罹

壬為天牢以天賊而加於其間大有劫獄之

象故為上格又所嬚者加於歲月日時之干

占用兵年干為君月干為大將日干為巳身

時干為士卒占家宅年干為父母月干為伯

叔日干為己身時干為妻子者庚加於何干

之上則主何人凶災若庚為直則十時皆為

時格

更有一般奇格者六庚甚勿加三奇此時若也

行兵去疋馬隻輪無返期

六庚為賊人三奇為官兵以賊人加於官兵

之上固不利行軍雖然亦不可執一而論如

六庚加丙丁奇天英景門為下尅上先舉者

凶其謂疋馬隻輪無返期也固宜偹六庚加

乙奇沖輔傷杜以上尅下先舉者勝疋馬隻

輪能戲萬人此主客之地不可不辨也

六癸加丁蛇天矯六丁加癸雀投江

癸屬水為北方龜蛇之象王璋曰天上六癸

加地下六丁名螣蛇天矯此時百事不利為

主者更甚丁屬火為南方朱雀之象王璋曰

天上六丁加地下六癸名朱雀投江此時百

事皆凶為客者尤惡

六乙加辛龍逃走六辛加乙虎猖狂

乙屬木為東方青龍之象壬璋曰天上六乙
加地下六辛名青龍逃走此時不宜舉兵主
客兩傷為客更甚辛屬金為西方白虎之象
壬璋曰天上六辛加地下六乙名白虎猖狂
此時不宜舉事主客俱損為主尤凶

請觀四者是凶神百事逢之莫措手

五行陰陽和則吉不和則凶若夫陽干尅陰
干為合如甲尅己即甲與己合也陰干尅陽
干為官如甲受辛尅即甲以辛為官也至於
陰遇陰尅陽遇陽尅皆為尅而不和此乙辛
丁癸四干俱以陰干而尅陰干其禍莫救故
曰是凶神

日是凶神

丙加甲分鳥跌穴甲加丙分龍返首

丙屬火為朱雀鳥也甲屬木為雀巢穴也昌

洪日六丙加六甲名飛鳥跌穴陰陽二遁逢

此時百為俱吉出兵行營為砦更利甲屬木

為青龍下受上生為返首葛洪日天甲加地

而名青龍返首陰陽二遁逢此局百事俱利

即無吉門動往攸宜出兵行營為主尤吉

也更得吉門行兵出戰大勝求名遂意求財

言飛鳥跌穴青龍返首之二局是大吉之神

只此三者是吉神為事如意十八九

獲息造墓嫁娶百事如意

節氣推移時候定陰陽順逆要精通三元積數

成六紀天地都來一掌中

一歲之節氣自冬至而小寒而大寒自立春

而雨水而驚蟄自春分而清明而穀雨自立

夏而小滿而芒種為節氣之陽也自夏至而

小暑而大暑自立秋而處暑而白露自秋分

而寒露而霜降自立冬而小雪而大雪為節

氣之陰也其節氣互相推移似無一定然氣
雖二十有四而其立節而合卦者止八一氣
之日雖十有五而其元為上中下者惟三一
日晝夜刻雖有百而其一日之時止一十有
二郤是一定而不可移易者自地道而言之
自冬至以至芒種一十二氣為陽而因地道
之安而順儀道奇而不變自夏至以至大雪
一十二氣為陰因地道之安然而道儀順奇
而不變若夫天道則不然常因時而運幹變
化不測冬至後固當順行一遇陰符陰便即
逆行夏至後固當逆行一遇陽符陽使即順
行用其術者要精通其理不可執泥於一偏
之見而謂冬至後皆當順行夏至後皆當逆
行也自一歲之日而論之一元五日一氣三
元共該一千五十日該一百五十日二十
氣該三百日所零四氣又該六十日合二十